KB093575

꽃들은 어디로 갔을까

푸른사상 동시선 18

꽃들은 어디로 갔을까

인쇄 · 2014년 10월 1일 | 발행 · 2014년 10월 9일

지은이 · 금해랑
펴낸이 · 한봉숙
펴낸곳 · 푸른사상
주간 · 맹문재 | 편집 · 지순이 | 교정 · 김소영

등록 · 1999년 7월 8일 제2-2876호
주소 · 서울시 중구 충무로 29(초동) 아시아미디어타워 502호
대표전화 · 02) 2268-8706(7) | 팩시밀리 · 02) 2268-8708
이메일 · prun21c@hanmail.net / prunsasang@naver.com
홈페이지 · http://www.prun21c.com

ISBN 979-11-308-0285-5 04810
ISBN 978-89-5640-859-0 04810 (세트)

값 9,900원

이 도서의 국립중앙도서관 출판시도서목록(CIP)은 서지정보유통지원시스템 홈페이지(http://seoji.nl.go.kr)와 국가자료공동목록시스템(http://www.nl.go.kr/kolisnet)에서 이용하실 수 있습니다. (CIP제어번호 : CIP2014027453)

이 책은 서울문화재단 '2013 예술창작지원 – 문학' 지원 사업의 지원을 받아 발간되었습니다.

푸른사상
동시선
18

꽃들은 어디로 갔을까

금해랑 동시집

| 시인의 말 |

글쓰기로 처음 칭찬받은 때가 6학년 때였어요. 그때부터 뭔가를 쓰기 시작한 것 같아요. 대학에 가서, 시를 쓰거나 소설을 쓰는 사람들을 만났어요. 그들과 어울리기도 했지만 시나 소설을 많이 읽거나 쓰지 못했어요. 세상을 바꾸고 싶었거든요. 하지만 슬프거나 외로울 땐 시를 쓰거나 시집을 샀지요.

지금은 슬프거나 외롭지 않아도 시를 써요. 내 시로 들어와 준 꽃과 새와 아이들, 이웃들, 어린 나와 나의 어린아이……. 고마워요. 그리고 미안해요.

시집이 나오기까지 많은 인연을 만났어요. 김은영 선생님과 또 박또박동시교실 글벗들. 김제곤, 이제복, 김바다, 이상교, 권오삼, 권영상, 최지훈 선생님. 시집을 출간해주신 맹문재 선생님과 푸른 사상사. 고맙습니다.

이 시집과 마주한 여러분, 새 인연으로 이어지는 떨림과 설렘이 느껴지나요…….

2014년 여름
금해랑

제1부 감자꽃 숨어 있었나?

제2부 한 뼘은 크는 것 같다

제3부 나도 몰랐다

| 차례 |

제4부 속이 시원하다

제5부 팡팡 터뜨린다

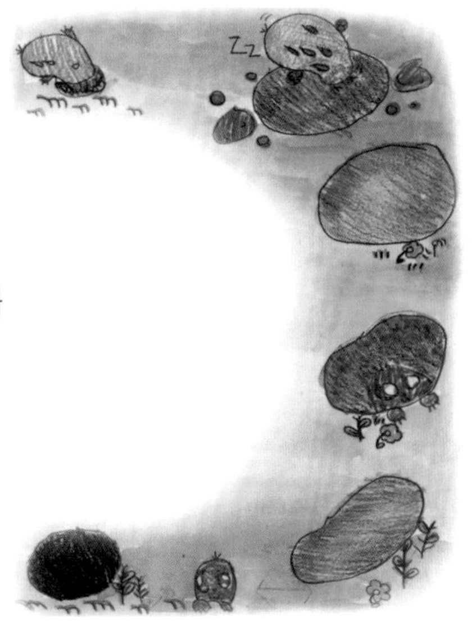

터진다, 터진다 보랏빛 웃음보

제1부

감자꽃 숨어 있었나?

하룻밤 새

순이네 뒤란 목련꽃
영이네 앞뜰 진달래
철이네 담장 개나리

꾸물대던 동네 꽃뜰
하룻밤 새 다 피었네

봄비야, 간밤에
어떻게 한 거니?

이동호(안양유치원 7세)

감자

감자 싹 났다
감자 속에
감자 싹 숨어 있었나?

감자 꽃 피었다
감자 싹에
감자 꽃 숨어 있었나?

산성에 쑥 쑥

칼날에 베이고
발길에 밟혀도

몇 밤 지나면
쑥쑥 자라는 쑥 쑥

더 깊숙이 뿌리 내리고
더 푸르게 새 잎 틔워내

산성을 지키는
쑥 나라 백성들

봄비는 마술사

나무야, 나무야
커다란 꽃송이가 되어라
수리수리 마수리

보슬보슬 봄비에
호로로 호로로
살구꽃 피어나고

나무야, 나무야
분홍색 꽃방석을 깔아라
수리수리 마수리

주룩주룩 봄비에
하르르 하르르
살구꽃 떨어지고

김가연(삼양초 3학년)

도라지꽃

햇살이 슬쩍
바람이 쓰윽

간지럼 참느라
빵빵 부푼 볼

폽
푹

터진다, 터진다
보랏빛 웃음보

김나은(송중초 4학년)

눈 오는 날

어지러운 빛깔이
덮입니다

시끄러운 소리가
묻힙니다

집도 길도
얌전히 눈을 맞습니다

눈 오는 하늘 아래선
사람들도 순록처럼
순해 보입니다

감

떫을 때는
잎사귀 뒤에
숨어 있지요

배고픈 까치
날아올까 봐

달게 익으면
잎사귀 위로
발갛게 드러내지요

배고픈 까치
어서 오라고

김유민(안양 양지초 3학년)

들풀의 다짐

푸르게 살자

향기롭게 죽자

거름이 되자

보란 듯이

꽃밭에서는
잡초라며 쫓겨나는
여뀌와 개망초

개울가에서
한자리씩 차지하고
꽃을 피웠다

돌보는 이 없어도
가는 어깨 서로 기대며
저희끼리 꽃밭을 차렸다

무리 지어 피어날수록
더 예쁜 꽃밭
보란 듯이 차렸다

백 년 만에 폭설 내린 날

버스는 엉금엉금
열차는 가다 서다
승용차는 꼼짝 못한다

일터 갈 걱정에
어른들 속이
까맣게 타들어간다

온 도시가
처음 맞은 눈폭탄에
하얗게 질려 있는데

아이들과 강아지는
하얀 풍경 속으로
풍덩 뛰어들고

오백 살 은행나무는
느긋하게 추억에 잠긴다
'또 언제 이렇게 눈이 내렸더라.'

차현수(안양유치원 7세)

나는 초승달이 되어 동생을 꼭 안았다

제2부

한 뼘은 크는 것 같다

봄날엔

엄마 목에는

하늘하늘 연둣빛 스카프

엄마 입술에는

꽃잎 같은 분홍빛 립스틱

봄날엔

엄마가 수양버들이다

엄마가 진달래꽃이다

조해원(청계초 2학년)

동생 아픈 날

아픈 동생 데리고
병원에 갔다

보호자 들어오라고 해서
의사 선생님 말씀을 들었다
정말로 동생 보호자가 된 것 같았다

날다람쥐 같던 녀석이
시든 배춧잎처럼 누워 있다

어서 낫기만 해
버릇없이 굴어도
얄미운 짓 해도
다 받아줄 테니까

임지민(서울 삼양초 3학년)

아들 노릇

늦은 밤
엄마 마중 나간다

“우리 아들 있어 든든하네.”
엄마가 내 팔짱을 낀다

얼마 전까지는 엄마랑 어깨동무했는데
어느새 엄마보다 큰 나

오늘처럼 아들 노릇 단단히 하는 날엔
내 마음도 한 뼘은 크는 것 같다

겨울밤

아무리 추워도
우리 집 보일러는
하루에 딱 두 번 돌아간다

한밤중에 깨어났다
창밖에는 눈이 내린다
눈 이불 덮으면
나무들은 따뜻할까?

화장실에 갔다 왔다
머리끝까지 이불을 덮어도
온몸이 떨려온다

동생도 추운 걸까
팔다리 오므리고
반달처럼 자고 있다

나는 초승달이 되어
동생을 꼭 안았다

이서진(청계초 2학년)

딴사람

“아이고, 사모님. 안녕하세요?
…… 그게, 저…… 죄송합니다, 사모님.”

“네, 사장님. 잘 지내시지요?
…… 그래요? …… 정말 감사합니다.”

보험설계사 시작한 지
두 달 된 우리 아빠

사모님, 사장님과 통화할 때엔
고분고분, 사근사근
딴사람이 된다

엄마의 아침

밥 한 술 입에 넣고
스타킹 신고
국 한 술 입에 넣고
단추 채우고

눈썹 그리면서
"밥 다 먹었니?"
입술 바르면서
"이 닦았니?"

스카프 두르고
뾰족구두 신고
현관문 나서는 순간,

허둥대던 표정
싹 지우는 엄마

우리만 아는
엄마의 아침

김나은(송중초 4학년)

반격 1

"아침에 있던 밥 그대로잖아.
밥 먹을 줄 몰라?
스스로 하는 게 하나도 없어."

"생일잔치 가서 실컷 먹고 왔어.
그리고, 스스로 하는 게 왜 없어?
스스로 먹고, 말하고, 자고."

"정말 잘났다, 잘났어."

"그럼, 엄마 아들이잖아."

이현소(청계초 1학년)

반격 2

"책 많이 읽고
공부 열심히 해야
머리가 핑핑 돌아가지."

"내가 올빼미야?
머리가 핑핑 돌아가게?
왼쪽으로도 안 돌아가고
오른쪽으로도 안 돌아가네.
머리 핑핑 돌아가면 못 살아."

입을 막고 돌아서는 엄마
어깨가 웃고 있다.

울 엄마 1

"엄마, 운동화에 구멍 뚫렸어요."
"일주일만 엄마 운동화 신고 다닐래?
엄마랑 발 크기 비슷하잖아."

귀신보다 돈이 더 무섭다는 엄마한테
더 말해봐야 소용없다.
엄마가 신발 도매 시장에 갈 때까지
엄마 운동화 신는 수밖에.

"어머 세상에!
아들! 엄마 운동화에 확장 공사했어?
이 신발 이제 버려야겠다. 웬일이니!
언제 이렇게 컸다니."

엄마 운동화도 새로 사야 하는데
귀신보다 무서운 돈 써야 하는데
울 엄마 목소리 붕붕 난다.

울 엄마 2

아빠는 늦겠다고 재촉하고
엄마는 입을 옷이 없다며
뾰로통한 얼굴로 나선다.

"아들이 잘생겼네.
다리가 길쭉한 게 쭉쭉 크겠다."
친구분 말씀에
엄마 입이 배시시 벌어진다.

"어쩜, 세상에!
울 아들 다리가 엄마보다 기네.
조금 있으면 키도 엄마보다 크겠네."
거울 앞으로 날 데려간 엄마
박수까지 치며 함박웃음 짓는다.

내 다리가
엄마 기분 풀어주었다.

김도훈(청계초 1학년)

이사 앞두고

“소망슈퍼 골목에 보물처럼 숨어 있어.
참 예쁜 집이야.
버스정류장에서 멀지도 않아.”

“조그만 마당이 있고
햇살이 환히 비치는 이층이야.
마당에 꽃을 심을까, 채소를 심을까?”

“서울 생활 20년 만에 처음으로
맘에 드는 집에서 살게 되었어.
그 집에서 오래 살면 좋겠다.”

이사할 생각하면
한숨부터 나온다던 엄마
이사 갈 집을 찾고 나서는
이삿날을 손꼽아 기다린다.

“그렇게 맘에 들면
그 집 사면 안 돼?”

“음, 그 집 사려면
 엄마 아빠 월급 한 푼도 안 쓰고
 십 년도 더 모아야 할 걸.”

괜한 말 꺼내
엄마를 다시 한숨 쉬게 했다.

삼층사 가는 꿈길에 연분홍 꽃잎 날릴까

제3부

나도 몰랐다

삼총사가 달린다

중화반점 오토바이 삼총사
김 군, 정 군, 박 군
배달 삼총사 태운다

요리사가 되겠다는
엄마랑 함께 살겠다는
동생은 대학 보내겠다는
꿈도 태운다

덜컹 철커덩 달캉 찰카당
터널 지나 비탈길 오른다
햇살 쏟아지는 큰길로 달린다

불빛이 하나둘 눈 감으면
배달 삼총사와 오토바이 삼총사도
단잠에 든다

삼총사 가는 꿈길에
연분홍 꽃잎 날릴까

하르르 하르르

꽃비 내린다

전명훈(안양 양지초 3학년)

선거철

길거리에서
인형 파는 보람이 아빠도
양말 파는 창식이 할머니도

친애하는 주민이 되고
존경하는 국민이 된다

가진 것 많고 배운 것 많은 후보가
깍듯이 인사하고 악수를 청한다
이것저것 해주겠다 약속한다

"만날 선거하믄 좋겄네유."
"긍께 말여, 단속 걱정도 덜하고."

소중한 한 표와 소중한 한 표가
말씀 나눈다

세 가지

태주가 태권도 고수라는 얘기
건희가 곤충 박사라는 얘기는
건성으로 듣고

“걔는 무슨 학원 다니니?”
“걔는 몇 동에 사니?”
“걔네 부모님은 뭐 하시니?”

세 가지만
물어 보는 엄마

주리의 꿈

주리의 꿈은
미국 사람과 결혼하는 것

미국 사람과 결혼하면
영어 잘할 수 있겠죠?
내 아이도 영어 잘하겠죠?

엄마 뱃속에서부터
영어했다는 주리

아홉 살 주리의 꿈은
가수도 선생님도 아니고
미국 사람과 결혼하는 것

박민재(청계초 2학년)

엄마가 엄마들 모임 다녀온 날

"수미는 영어를 좔좔 한다면서?
지우는 무슨 시험이든 올백이고.
우리 아들은 뭘 잘하나?"

"우리 반에서 오목 제일 잘 둬."

"오목 말고 자랑할 만한 거 없어?"

"엄마, 수미는 물고기로 다시 태어나고 싶대.
지우는 자기 엄마가 없어져 버렸음 좋겠대.
이래도 공부만 잘하면 엄마는 좋겠어?"

"……."

몰랐다

집에서 골목까지 백일곱 개
육교 건너는 데 예순여덟 개
지하도 내려가는 데 여든다섯 개

계단이 보이면 한숨부터 나온다
목발을 쥔 손에 땀이 고인다
팔목도 겨드랑이도 아프다

경사로나 횡단보도 없이
계단과 육교를 만든 사람은
목발 짚고 다닌 적이 없을 거다

다리 다치기 전에는
나도 몰랐다
계단이 이렇게 무서운지

김수민(삼양초 3학년)

인사

"안녕하세요?"

— 삐

"어서 오세요."

— 삐 카드를 다시 대주세요

"안녕하세요? 어서 오세요."

— 삐

— 삐 환승입니다

운전사 아저씨 인사는

버스 단말기가 받습니다.

김윤지(청계초 2학년)

붕어빵

붕어빵 틀에서 나온
고만고만한 붕어빵들

언뜻 보면
다 같아 보이는데

옆구리 터진 붕어빵
등이 살짝 탄 붕어빵
꼬리가 덜 자란 붕어빵……

하나씩 들여다보면
모두 조금씩 다르다

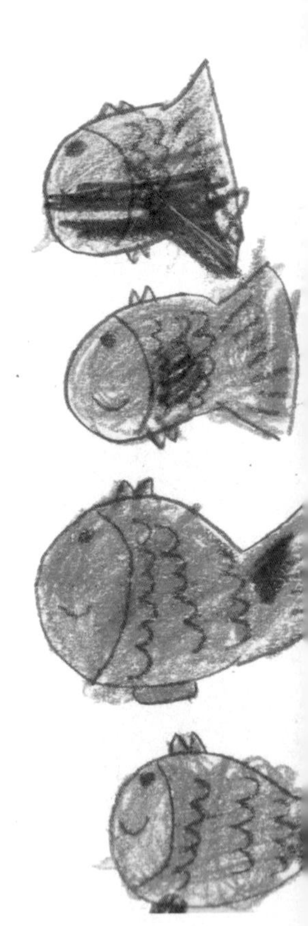

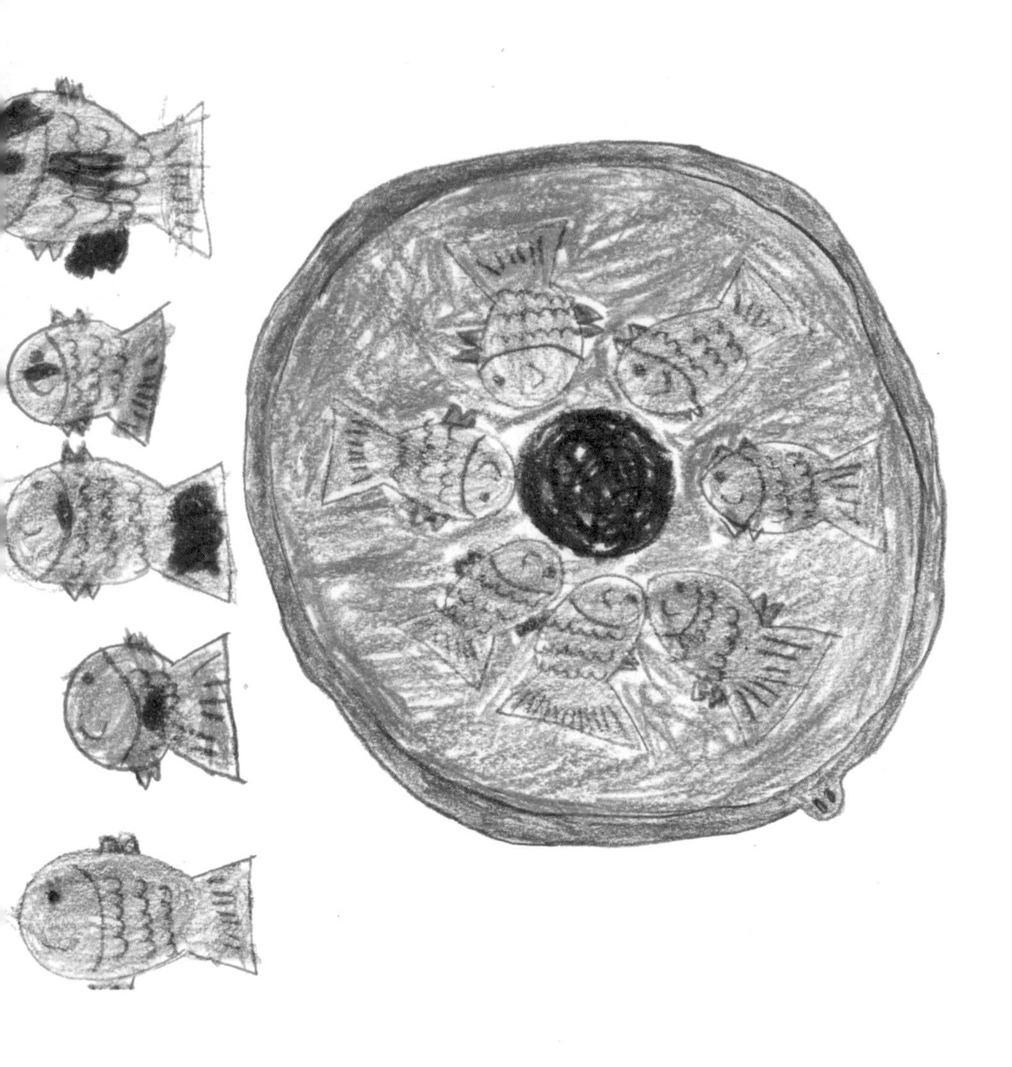

이동영(안양유치원 7세)

배고픈 건 마찬가진데

밥그릇 비었다고
눈 동그랗게 뜨고
큰 소리로 야옹대는
집고양이

빈 밥그릇 주변을
한참 서성이다
힘없이 돌아서는
길고양이

6월 25일, 전쟁기념관

"전쟁을 기념해?"
아이가 묻는다

총구가 번쩍번쩍
대포 소리 푸궁푸궁

전투기가 으쓱으쓱
탱크가 우쭐우쭐

"재미있어?"
어른이 묻는다

전쟁을 기념하는
전쟁기념관

신나서 쿵쾅대는
6월 25일

이예은(화계초 3학년)

나 같은 아들 있으면 얼마나 좋을까!

제4부

속이 시원하다

잘했어!

주인 아저씨가
당장 방을 빼란다

다음 날 아침
주인 아저씨 새 차에
윤기 자르르 흐르는 까만 차에

희멀건 똥
찰파닥!

잘했어!
비둘기야

배성국(송중초 3학년)

수요일 밤 여덟 시

'엄마' 불러서는 안 돼
'여보' 불러서도 안 돼

수요일 밤 여덟 시는
엄마가 '정혜란'으로 돌아가는 시간

책 한 권과 차 한 잔이
엄마와 함께할 동무

아빠, 동생, 나는
서로 보며 씨익

자유다!
해방이다!

나 같은 아들

엄마는 화나면
꼭 너 같은 아들 키워보라 한다

나 같은 아들 있으면
얼마나 좋을까!

나 같은 아들
많이 낳아
만날 같이 놀아야지

그리고 아들한테 말할 거야
너 같은 아들 많이 낳아
나처럼 신나게 놀아주라고

아직도

운전사 뒷자리에
딱 하나 남은 빈 의자
얼른 가서 앉았다

엄마가 따라와서
나를 무릎 위에 앉혔다
뒤통수가 화끈거렸다

엄마 무릎에서
가만히 일어났다

엄마한테는 내가
아직도
어린애로 보이나 보다

속이 시원하다

시험 점수가 나왔다
잘난 척하는 준수를 제쳤다
저녁 실컷 먹고
화장실에 갔다
똥이 정말 잘 나왔다
속이 시원하다

김강호(청계초 2학년)

비야 내려라

먹구름이 낮게 깔린 아침
새털구름 같은 발걸음으로
라라라 학교에 간다
우산 없이 간다

먹구름아, 몰려와라
비야, 비야, 내려라
오늘은 엄마 회사 쉬는 날
우리 엄마 집에 있단다

먹구름아, 떼 지어 몰려와라
비야, 비야, 꼭 내려라
엄마가 갖다주는 우산
나도 써보고 싶단다

유승진(청계초 2학년)

나도 모르는 나

내 안에는
내가 참 많이 있다
거짓말하는 나, 용감한 나, 게으른 나, 부지런한 나,
샘내는 나, 의젓한 나……

어른들은
공부 잘하고 말 잘 듣는 나를 좋아하지만

엄마도
선생님도
나도
말릴 새 없이

나도 모르는 내가
튀어 나오기도 한다

김주연(조원초 3학년)

그 아이

진실게임 했다
좋아하는 아이 있다고
처음으로 말했다
다행히
아무도 그 아이를 몰랐다

엄마한테도 말했다
"어쩌다 좋아하게 되었어?"
"그 아이도 너 좋아해?"
"예뻐?"
질문이 쏟아졌다

"나도 몰라."
"그만 물어봐."
하면서
묻지 않은 얘기까지
다 하고 말았다

나도 모르게

자꾸 생각나는 아이

나도 모르게

자꾸 말하게 되는 그 아이

이가은(화계초 1학년)

어쩌면

부처님오신날에는
절에 가서 밥 먹고

크리스마스에는
교회 가서 케이크 먹고

부처님
예수님
다 이해해주시겠지?

부처님도
예수님도
나처럼 살았을 거야
어렸을 때는

이상한 꿈

파란 해
까만 꽃
빨간 모래

네모난 달
투명한 잎
울퉁불퉁한 바다

작은 어른
커다란 아이
데굴데굴 구르는 학교

엄마가 없어
선생님도 없어
강아지가 컴퓨터를 먹었어

한승혁(영서초 1학년)

낮은 곳에서 외진 곳에서 봄을 채우며 피었습니다

제5부

팡팡 터뜨린다

내 친구처럼

내 친구는
섬을 징검돌 삼아 바다를 건넌단다
구름 솜사탕을 먹으면서 말이야
내 친구가
소리를 지르면 천둥이 치고
방귀를 뀌면 태풍이 불어
바위로 공기놀이하고
별을 따 쥐불놀이를 해

하늘을 차고 땅을 흔들며
통 크게 놀아보는 것, 어때?

류주영(개봉초 3학년)

이제야

여름 다 보내고
보았다

피튜니아 화분을
목에 건 가로등

시들고 나서야
보았다

여름 내내 자랑했을
꽃목걸이

작은 꽃

매화꽃 아래
냉이꽃

목련꽃 아래
제비꽃

낮은 곳에서
외진 곳에서

봄을 채우며
피었습니다

가을

– 할머니와 호박꽃

“인자 꽃 피워 우짤라고
낼 모레믄 서리 내릴 턴디.”

호박꽃 앞에 쭈그려 앉은 할머니가
허리춤에서 담배를 꺼내 문다

할머니 그림자가 장독에 기댄다
호박꽃이 꽃잎을 오므린다

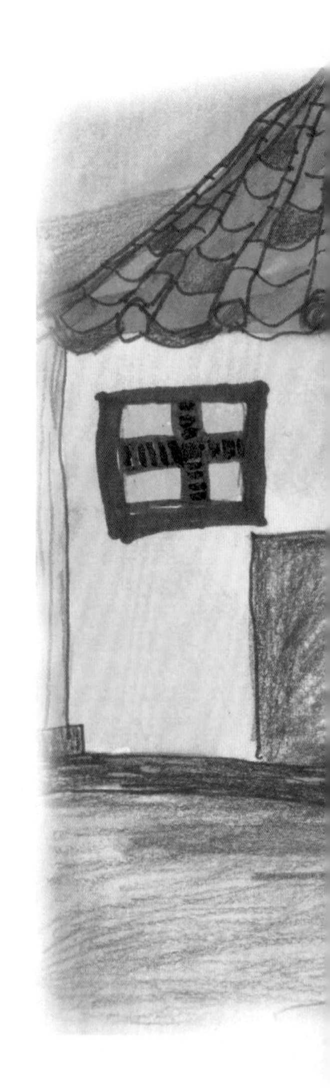

김수진(청계초 2학년)

기러기 마을

한 마리 앉으면
한 집 늘어나고
한 마리 날아오르면
한 집 줄어든다

추수 끝난 논에
옹기종기 들어서는
기러기 마을

언제 쫓겨날지
어디로 가야 할지
걱정할 필요 없겠다

내 집 장만하겠다고
큰 집으로 옮기겠다고
버둥댈 필요도 없겠다

이른 봄

꽃잎을 활짝 편 팬지가
트럭에서 줄줄이 내려와
거리를 점령한다

공원 구석에서
산수유나무가 숨을 죽이는데
찬바람이 몰려온다

몸을 바싹 낮춘 팬지
파리한 얼굴로
파들파들 떤다

"온실에서 왔구나."
산수유가 한마디하고
노란 꽃망울을
팡팡 터뜨린다

꿈꾸는 아파트

울타리가
흘러가는 강물에게
작별 인사 건네고

마당이
고양이랑 강아지랑
숨바꼭질하고

다락방이
별들의 속삭임에
귀 기울이는데

끼이익

자동차 소리에
화들짝
깨어나는 아파트

공도훈(안양유치원 7세)

도시의 바람

건물이 산처럼 솟아 있고
도로가 강처럼 흐르는 도시 한복판

산 넘고 강 건너온 바람이
길을 잃었습니다

건물 사이에 갇혀
여기저기 부딪치고

달려오는 자동차에
이리저리 휩쓸리다

상처 입은 짐승마냥
우어우어 웁니다

전깃줄도 흔들리며
따라 웁니다

꽃들은 어디로 갔을까

꽃들이 실려왔어 자동차가 붕붕대는 도로 한가운데 꽃밭이 생겨났지

꽃밭은 자주 바뀌었어 새 꽃들이 어디선가 왔고 금세 다른 꽃밭이 생겨났어

국화는 며칠 만에 뽑혔어 앙증맞은 노란 꽃망울도, 탐스러운 하얀 꽃송이도

벌도 나비도 없는 도로 한가운데 그림처럼 놓였다 사라진 꽃들, 그 곱던 꽃들은 다 어디로 갔을까

공사 현장

트럭이 몰려온다. 톱날이 돌아간다. 각시붓꽃이 보랏빛 핏물을 흘린다. 상수리나무 몸통에서 촉촉한 뼛가루가 떨어진다.

굴착기가 달려든다. 바위가 드드드 소리치다 까무러친다. 두더지 집과 오소리 일터가 순식간에 허물어진다.

으스러진 살과 뼈가, 산산조각 난 보금자리가 트럭에 실려간다. 풀과 나무와 새들 울음소리가 먼지처럼 흩날린다.

사람들이 살 집을 짓는다.

박수환(송중초 4학년)

꽃지 바닷가

소아 소아 소아
은빛 모래 간질이며
파도가 속삭이던 바닷가

모래 곱다고
해넘이 곱다고
사람들이 몰려왔다

시멘트 옹벽이 서고
도로가 났다
모래가 쓸려가고
자갈이 드러났다

콩게 비단고둥 민들조개
집을 잃었다
사람들 발걸음이
자갈 위를 덮는다

쓰어 쓰어 쓰어

쓰리다고 아프다고

바다가 뒤척인다

두더지처럼

들어갔다
나오고

또 들어갔다
나오고

두더지 쫓아내고
터널 뚫어

밤낮으로 땅속을
달리는 자동차들

조윤아(철산초 2학년)

동시 속 그림

이동호(안양유치원 7세)

김가연(삼양초 3학년)

김나은(송중초 4학년)

김유민(안양 양지초 3학년)

차현수(안양유치원 7세)

조해원(청계초 2학년)

임지민(서울 삼양초 3학년)

이서진(청계초 2학년)

김나은(송중초 4학년)

이현소(청계초 1학년)

김도훈(청계초 1학년)

전명훈(안양 양지초 3학년)

박민재(청계초 2학년)

김수민(삼양초 3학년)

김윤지(청계초 2학년)

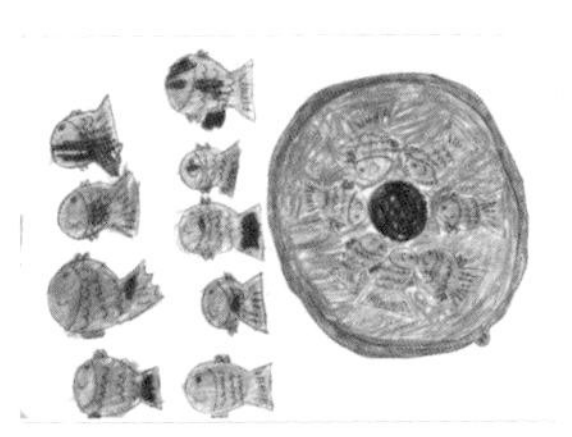

이동영(안양유치원 7세)

이예은(화계초 3학년)

배성국(송중초 3학년)

김강호(청계초 2학년)

유승진(청계초 2학년)

김주연(조원초 3학년)

이가은(화계초 1학년)

한승혁(영서초 1학년)

류주영(개봉초 3학년)

김수진(청계초 2학년)

공도훈(안양유치원 7세)

박수환(송중초 4학년)

조윤아(철산초 2학년)

그림 지도선생님 - 윤재희, 임정선